Fases intimistas

Isa Colli

Fases intimistas

Ilustrações
Isa Colli
Rayan Casagrande

Copyright © Isa Colli e Colli Books

Texto: Isa Colli

Ilustrações: Isa Colli & Rayan Casagrande

Editorial	**Revisão**	**Projeto gráfico**
Alessandra Domingues	Silvia Parmegiani	Colli Books
Cristiane Miguel	**Diagramação**	**Edição e Publicação**
Administrativo	Estúdio Esfera	Colli Books
José Alves Pinto		

Reservado todos os direitos.

Dados Internacionais de Catalogação na Publicação (CIP)

Bibliotecária responsável: Aline Graziele Benitez CRB-1/3129

C672f	Colli, Isa
1.ed.	Fases intimistas / Isa Colli. – 1.ed. – São Paulo:
	Colli Books, 2018.
	68 p.; 20,5 x 25 cm.
	ISBN: 978-85- 54059-11-8
	1. Literatura brasileira. 2. Poesia. 3. Conto. 4. Reflexões. I. Título.
	CDD 869.93

Índice para catálogo sistemático:

1. Literatura brasileira: poesia: conto

Colli Books: Rua 9 Norte L. 05 – Bloco B –1504, Águas Claras

CEP 71908-540 – Brasília/DF

E-mail: general@collibooks.com

www.collibooks.com

Sumário

Isa Menina... p. 6
A Gaita... p. 7
Isa Moça... p. 8
Isa Mulher..p. 8 e 9
O Poeta..p. 11
O Cão e o Menino..p. 12
Fotografia..p. 13
Felicidade.. p. 14
Imaginação..p. 15
Gente..p. 16 e 17
Lembranças.. p. 18 e 19
Recordações.. p. 20
Amarga Saudade...p. 21
Volúpia dos Sentidos...p. 23
Eternos Amantes.. p. 24
Desejo...p. 25
Amor.. p. 26
O Tempo Não Apaga o Amor................................... p. 26
Conflitos..p. 27
Eu Quase Te Amo... p. 28 e 29
O Beijo... p. 29
Cativo.. p. 30
A Dor da Saudade.. p. 30
Poção do Amor...p. 31
Reconquista...p. 31
Soneto do Amor Total..p. 32
A Grandeza do Amor..p. 33
Ainda Te Amo.. p. 34
Delírios de Paixão...p. 35
Ecos da Solidão..p. 36 e 37
Tão Perto e Tão Longe... p. 38 e 39
Saudade...p. 40 e 41
Mais Uma Vez... p. 42 e 43
Força do Amor..p. 44
Morte... p. 46
Tenso... p. 47

Ausência..p. 48 e 49

Novo Começo .... p. 50

Sofrimento...p. 51

Poder do Criador .... p. 52 e 53

Réu Confesso ....p. 54 e 55

O Escitor Solitário................................... p. 56

Solidão..p. 57

A Morte... p. 58

Quem Explica o Amor?........................... p. 59

Ser Forte... p. 60 e 61

Quem Diz que Carnaval é só Flores................p. 62 e 63

Um Jardim de Ternura .... p. 64

Mulher... p. 65

Isa Menina

Respiro literatura e poesia desde a minha infância. Para falar dessa fase, sinto que preciso fazer um *flashback* de minha vida. Esse tempo, que é minha infância, todavia, 50 anos pairam sobre ela. Vejo-me menina com meus irmãos, brincando ao redor da nossa casa, lá no interior de Presidente Kennedy, mais precisamente em Santa Maria, "Monte Belo", no Espírito Santo, enquanto as roupas, lavadas em bacia suspensa por estacas, secavam no varal.

Ainda hoje, ao fechar os olhos, posso ver, minha mãe, dona Maria das Neves labutando na roça, alternando entre essa tarefa e os afazeres domésticos. E eu cuidando dos meus irmãos menores... bem, pelo menos dos que já existiam.

Eu me sentia muito importante, pois tinha ocupação de gente grande e mandava nos menores.

Ouvir as histórias que a mamãe contava todas as noites era uma grande motivação para fazer tudo com muito carinho.

Às vezes, eu ficava entretida com os meus brinquedos e os livros que ela me presenteava, e esquecia de tudo que ela pedia. O resultado era sempre uma surra. Mas apanhar também fez parte da minha educação e, hoje, eu digo: perdidas foram as palmadas que caíram no chão.

A Gaita

Ainda consigo "escutar" o som da gaita de dona Maria tocando "Noite Feliz" e ver o meu pai colocando-nos na garupa de sua bicicleta, acendendo o farol e se divertindo conosco no terreirão, o grande terreiro que era a nossa área de lazer. Na verdade, nós nos divertíamos porque ele estava era muito cansado da lida diária. Mesmo assim, brincava com os filhos todos os dias antes do banho do final da tarde e do jantar.

Ao fechar meus olhos, posso sentir o cheirinho da comida maravilhosa feita no velho fogão à lenha.

A carne preparada em minha casa era conservada em grandes latas cheias de gordura dos porcos e o cheiro era muito bom. Era uma alegria receber os pratos prontos das mãos de nossos pais. Eu era bem gulosa quando pequena, e a minha mãe conta que se caísse um grão de arroz fora do prato, eu catava com cuidado e comia tranquilamente. Bem, *o que não mata, engorda*, dizia dona Margarida, a minha saudosa avó materna e madrinha de batismo.

Hoje, posso dizer: tivemos uma infância feliz, como toda criança deveria ter. Ainda ouço bem claro dona Nevinha nos proibindo de fazer um monte de coisas e nos acertando a moleira pelas desobediências. Era ela quem regulava a molecada. Papai ficava na retaguarda e, na maioria das vezes, afagava-nos, com afeto. Mas, longe dos olhos da matriarca durona.

Vivemos intensamente, curtimos com muito gosto aquela vidinha mansa e despreocupada de criança. Cavacos, bolinhos de chuva, bolo de fubá, cocadas, paçoca feita no pilão, suspiros caseiros, mistura de ovos com açúcar e farinha e o bom e velho k-suco, que hoje, dizem, mancha o pulmão, era a nossa recompensa. E por falar em pulmões, os nossos vão muito bem, obrigada!

Nossos pais não tiveram muitas oportunidades de frequentar uma escola, mas sempre se preocuparam em fazer o melhor para os filhos. Foram grandes incentivadores dos nossos estudos e, se hoje amo a arte, é pelo exemplo que tive deles dentro de casa.

Isa Moça

Vivi parte da minha adolescência na localidade de Vargem Grande de Soturno, distrito de Cachoeiro de Itapemirim, e fui muito ativa nas atividades escolares. Quase sempre minhas histórias fantásticas e minhas invencionices venciam os concursos de redações e poesias pela originalidade.

O tempo foi passando, até que uma gravidez inesperada, aos 16 anos, quando pouco se orientava sobre prevenção, mudou por completo a minha vida. O amadurecimento forçado me trouxe sofrimento, mas também amor e aprendizado. A menina Isa, sonhadora, viu-se obrigada a encarar os desafios da vida adulta.

Coração e inocência de menina, na nova vida de mulher... E assim tive que traçar um novo rumo na minha própria história. O primeiro recomeço de tantos outros que surgiriam...

Isa Mulher

Não foi fácil. Casei-me em 1985 e mudei-me para Cachoeiro de Itapemirim. Engravidei pela segunda vez. Ali vivi com minha família, até meados dos anos 1990. Aos 18 anos, abri o meu primeiro salão de beleza na cidade. Sucesso absoluto. Separei-me em 1999.

Movida pela coragem e pela necessidade de recomeçar, migrei para o Rio de Janeiro. A vida, mais uma vez, apresentou-me um desafio e, em 2001, entrei para o mundo da televisão, na antiga "TVE Canal 2", hoje TV Brasil.

No Rio, fui proprietária de salão de beleza, cabeleireira e maquiadora de televisão, estudei moda e, por fim, formei-me em Jornalismo.

Trabalhei por mais de 20 anos em emissoras de TV. Após descobrir um câncer e uma artrite reumatoide em estágio avançado, mais uma vez, reinventei-me.

Inspirada nas histórias que ouvia da minha mãe quando criança e na experiência que acumulei na TV, decidi mergulhar no mundo da literatura e da pintura. Em 2002, pintei a minha primeira tela. Em 2011, lancei meu primeiro livro - "Um Amor, um Verão e o Milagre da Vida". De lá para cá, transformei-me em um bicho estranho. Gosto da solidão. Quando não estou entre os personagens dos meus livros, estou toda lambuzada de tinta. Saio pouco de casa, mas quando saio, observo tudo ao meu redor. A natureza, os comportamentos, os objetos, enfim, tudo o que na minha mente pode ser transformado em arte, na *minha* arte.

Hoje, a literatura é meu principal ofício, e os meus quadros, um robe maravilhoso.

Minha forma de enxergar o universo por meio da arte não só me transformou pessoalmente, mas também me salvou, uma vez que decidi não me entregar às doenças que se abateram sobre mim e lutar pela vida!

Há alguns anos, ganhei o melhor parceiro, um presente de Deus: meu esposo José, meu companheiro e amor. Fomos morar na Bélgica, onde passamos a dividir a vida e a responsabilidade com os meus filhos. E a cada novo desafio, vou vivendo e aprendendo.

Nos livros infantis, revisito minha infância. Nos romances e poesias, faço uma espécie de catarse, uma libertação dos problemas. Na pintura, viajo para fora de mim mesma e contemplo a Terra de outra dimensão. A menina, a adolescente e a mulher alternam-se o tempo inteiro, garantindo os melhores ingredientes para minha criação.

Nasce uma poeta

O Poeta

O poeta
redige com maestria.
Seus versos
conduzem para um mundo irreal,
liberta seus personagens inocentes.
É um visionário do bem e do mal.

Dá nó na sabedoria humana,
confunde até os intelectuais.
É uma fonte de inspiração eterna,
seus versos serão sempre imortais.

Deus lhe deu o livre arbítrio,
liberdade e consciência da vida
para buscar a renovação humana
e ajudar as almas queridas.

O poeta é pura energia,
luz intensa da Infinita Perfeição.
Nas rimas das suas frases e versos
busca sempre alegrar o irmão.

O Cão e o Menino

O cão suspira pensante
na manhã ensolarada.
O menino pula gritante
numa recíproca avivada.

A amizade se constrói
da alegria de viver.
O cão esfrega seu herói
alegrando o seu querer.

Alimento está na mão
da criança ouriçada
pra cuidar do lindo cão,
sua fera aliada.
Cão que chora, cão que late
na busca de um chamego
exultante, escarlate...
Um amigo no aconchego.

Fotografia

Atento ao olhar de luminosidade,
esquadrinha a geometria de um flagrante.
Magnífica captura de um insight,
doce acalanto da imortalidade evidente.

Uma imagem em clara objetiva
reflete cores, luz, harmonia e sensibilidade.
Dá o tom de alegria em simetria,
misturando lembranças à doce saudade.
Testemunha de muitos olhares
observa a intimidade ilusória,
sentimento original, real e evidente.
Consagração da ficção das memórias.

Retrata escritos, sons e imagens,
esplendor e a dádiva da natureza.
Compõe a cena em um clique pleno,
essência de emoções e de muita beleza.

Num instante torna-se a preferida,
no seu feitio, a mais doce poesia
de tornar real uma evidência.
Fotografia, o seu nome é Magia.

Felicidade

A felicidade é uma pedra preciosa
cintilando pela estrada do coração.
Sentimento que preenche o vazio,
explosão de paz e inspiração.

É uma gota de diamante lapidado,
cantarolando uma canção inusitada.
É o sol que aquece as emoções,
é uma faísca de uma vida imaculada.

É um grande tapete de estrelas
e distintas ruas de ouros.
É a grande imensidão do olhar.
É a soma de todos os tesouros.

Imaginação

Passo a noite fazendo amor com as palavras,
imaginando toques invisíveis,
pensando encontrar a palavra perfeita
para definir o nosso amor impossível.

Quando o sol desponta forte
e os seus raios me saúdam,
despertando a emoção,
inflamando o meu desejo,
transporto-me sem medo
para o exato momento
em que o seu olhar dormente
registrou os detalhes
de cada pedaço do meu eu.

Minha tristeza recomeça
trazendo de volta um pensamento
de saudade e de certeza
que, com o passar do tempo,
agiganta a explosão
da contida e retida paixão
que em mim eternizou
o infinito do seu beijo.

Gente

Gosto de gente
com a cabeça no lugar
e conteúdo interior,
com idealismo nos olhos
e os dois pés fincados no chão.

Gosto de gente
que ri, que chora,
que fica feliz ao receber uma carta
e guarda na memória
o momento exato em que sentiu o seu perfume.

Gosto de gente que se emociona
com uma canção dedilhada em um velho violão,
com um simples telefonema,
com a cena triste de um filme
ou com um verso rimado da prosa de um poeta.

Gosto de gente
que num gesto singelo de carinho
ou num abraço inocente de afago
faz surgir novos amores
e desperta saudades adormecidas.

Gosto de gente
que vive intensamente,
que curte o silêncio
que valoriza e semeia amizades,
cultiva flores,
ama os animais,
rememora, sem culpas, as paixões,
admira paisagens,
sente o cheiro da poeira
ou da terra molhada,
que se encanta com o uivar forte
dos ventos frios de inverno.

Gosto de gente
que tem tempo para sorrir com bondade,
De semear o perdão,
Repartir ternuras
e compartilhar vivências.

Gosto de gente
que tem tempo para ouvir,
que entende suas emoções
e deixa fluir livremente
o pulsar do coração.

Gente que gosta de fazer coisas,
que não foge dos compromissos,
e encara dificuldades e conflitos,
que não se incomoda com os desgastes.

Gente que acolhe,
orienta e entende,
aconselha, busca a verdade
e quer sempre aprender,
mesmo que seja com uma criança,
com um mendigo
ou um analfabeto.

Gosto de gente,
gente de coração quente,
gente que valoriza gente.

Gosto de gente
que sabe ser gente.

Lembranças

Entre lembranças aquecidas
de traços suaves e coloridos,
revivo a imagem
do seu semblante entristecido,
como pétalas murchas e desprendidas
soltando-se a bailar, no compasso do vento.

A saudade traz à memória
lembranças da nossa história,
induzindo-me a embarcar
numa viagem dolorida,
a camuflar o amor
que, cravado no peito,
é como uma flecha inflamada.

De repente
o meu mundo se abala.
A incerteza
e o medo vêm me visitar.
Aprisionada
nessa louca armadilha
tento fugir,
iludida pelo tempo.
A minha paixão é criança,
o descompasso do meu coração
é inseguro.
Minha forma de amar é tímida,
o encanto e a fantasia
juntaram saudade e amor,
ofuscando a lucidez,
camuflando o sofrimento
com a magia de nossos fragmentos.

No silêncio da noite,
a minha alma
atormentada de saudade
encontra na imaginação
o meu desejo,
o meu ar, meu tesouro...

Reflito com clareza e me desperto.
Há tempo.
Não estou mais no comando.
Meu coração
está à beira da explosão.
É tanta emoção...

Em cascata,
as lembranças em turbilhão,
em meio à escuridão.
Penso em silêncio.

Não desista de mim.
Você é meu milagre,
meu amor verdadeiro.
Faz o meu pranto ceder,
minha eterna paixão,
meu amor derradeiro.

A minha alma insensata
chora só.
À distância,
reduz minha existência.
E, talvez,
suavize a saudade do seu cheiro,
meu amor primeiro.
Alegra a minha vida
outra vez...

Recordações

Esquecido e amarelado
álbum de recordações.
Coração absoluto
resgatando emoções.

A moldura do sorriso
nos lábios doces, inocentes,
ilustra a vida no improviso
da alma pura e prudente.

Minha musa, inspiração
pulsa na veia fervente.
Acertou meu coração
inflamada flecha quente.

Amarga Saudade

A batida apressada
do meu coração
perturba o silêncio da noite.

Uma angústia mortal
persegue-me,
o sono não vem.
Enfim
vencida pelo cansaço
adormeço.
Penso poupar
os meus sonhos do castigo
e, dormindo,
viajo no tempo, em busca
de uma alma nova.

Curiosa,
fascinada,
alegre,
e destemida!
Alva
como a brancura da renda
do véu de uma noiva,
ou da beleza de um botão de rosa
que se abre feliz,
refletindo a luz do sol
a cada gota do orvalho matinal.

Meus versos se resumem
a uma frase cheia de ternura,
na qual o amor adormecido
revigora-se,
como se nunca tivesse rompido
os momentos de emoção.

E em segredo
revivo as doces lembranças
do meu doce e eterno querer.

É tempo de amar

Volúpia dos Sentidos

O amor
é uma obra imponente.
É uma gravura
de traços exuberantes.
É a força
que conduz ao excesso,
é o feitiço que cega
profundamente os amantes.

É a urgência selvagem
de alcançar o calor da carne.
É o protesto agudo
entrecortando a respiração.
É o alertar dos sentidos
despertando o desejo,
frenesi da alma
em perfeita união.

É a volúpia arfando
todos os sentidos,
juntando aromas,
músicas
formando as cores.
É a urgência intensa
e imediata do corpo,
unindo as forças primitivas
de todos os amores.

Eternos Amantes

O passado
selou a nossa união.
Elos eternos
nunca foram esquecidos.
Fragmentos de uma vida imortal:
amigos,
amantes...
Sempre por Deus protegidos.
Busco no Universo
por novas palavras
para com seu lindo nome rimar,
materializando assim
o Amor Perfeito.
No livro celestial
sei que hei de encontrar.

Venceremos, enfim,
todas as barreiras.
Aproveitando a nossa doce
e plena comunhão.
Verdade perfeita
que ultrapassa as fronteiras,
tatuando no peito
a plenitude da paixão.

Desejo

Invada todo o meu corpo
flamejante de paixão.
Possua-me com toda a força
de um vulcão em erupção.

Na minha intimidade,
refugie os teus segredos
inocentes, firmes, penetrantes
refletindo os seus medos.

Desejei-te com ardor
desde o primeiro olhar.
Suave, forte, destemido
como é fácil te amar.

Delicio-me nas orgias.
olhar dormente, lento do espasmo,
das mais ilusórias teorias.
Desperta o amor entre orgasmos.

Desfaleço-me em teus braços
se assim me cobiçar.
Você é parte de mim,
por que teimas em negar?

Recebo o teu afago
apaixonado, sutil e quente.
Sou parte de ti, não te escondas,
sou sua fiel penitente.

Resgata a alma insinuante,
doces lábios flamejantes.
Amor singelo, doce recordação...
Branda, pura e cheia de emoção...

No abrigo dos teus braços, amado,
repouso nosso amor sagrado.
A felicidade da paixão criança,
na remissão, transborda de esperança.

Amor

Sou excesso, sou exagero,
sou luxúria, sou desespero,
sou a magia das paixões.
Sou o amor, sou o seu espelho.

Sou a lua que aparece
à procura do Divino,
sou loucura, faz de conta
que não sabe o destino.

Posso ser o que quiser,
para você estou sempre pronta,
sempre na medida certa,
o amor não me amedronta.

O Tempo Não Apaga o Amor

Ainda que o tempo passe,
que a solidão se instale,
que o sol não volte a nascer,
que a lua se esconda para sempre
e que a tristeza seja profunda,
enquanto o amor existir,
ainda resta esperança.

Ainda que nos afastemos,
que por estradas diferentes caminhemos,
que o sentimento se torne sereno,
um do outro se há de lembrar.

Ainda que o peito arfe palpitante,
que a dor seja negra, agonizante
ou que devagar se aproxime a morte,
ainda assim o amor lá estará:
único, inesquecível e para sempre.

Conflitos

De repente...
Sinto falta do seu cheiro,
do seu riso faceiro,
do sabor de nossas bocas,
dos momentos mágicos.
Das nossas almas gêmeas
unidas numa perfeita magia.

De repente...
As gotas de chuva
caem forte lá fora,
reacendendo as lembranças,
enchendo-me de esperanças.
De repente...
O riso se fez pranto,
da vida sucumbi à morte.
Da chama intensa
fez-se a distância.

De repente...
Onde estão os amantes
de fragrância marcante?
Cheiro do amor,
viagem de sentidos,
sonhos vívidos.
Sonhos perdidos.

De repente...
Alma ingênua
Viaja no tempo.
Procura a verdade,
retorna confusa
da aventura errante.
Esquece a dor,
segue adiante.
Apaga o amor
dos corações conflitantes.

Eu Quase Te Amo

Engraçado! Eu quase te amo!
Mas engraçado por quê?
Não é tão simples amar...
Talvez eu ache engraçado
esse seu jeitinho que me faz, de repente
ser tão quente, ser tão mulher...

Você me entende?
Talvez nem eu me entenda...
Não sei se é porque te amo.
E digo que quase,
ou por ter medo do amanhã,
mesmo dizendo que não tenho.

Mas o que importa?
O Sol aquece e não é aquecido!
E nem por isso deixa de surgir, lindo,
depois de ficar recolhido
e deixar a chuva cair livremente.

Você é lindo, sabia?
Lindo! Mas como é ser lindo?
É ser como a primavera
que ignora seu encanto...
É ser como a rosa
que ignora seu perfume...

É ser como você!
E como é você?
É simples como um sorriso,
humilde como a prece!
E seu sorriso
quase sempre me pertence...

Quanta felicidade!
Felicidade?
Mas o que é felicidade?
É esse seu sorriso lindo
sua voz melodiosa...
É a força do meu desejo,
das loucuras do nosso quase amor...

Você reclama
que nunca escrevo para você...
Pensando bem,
hoje eu quase escrevi.

O Beijo

O beijo nasce no pensamento,
com sabor de desejo.
Na avidez das bocas, aflora as vontades,
embriaga a vida.

O beijo faz o corpo desejar outro beijo.
Freia o tempo,
e na inércia do momento,
funde as querências.
Desnuda, fragiliza.

O beijo banha faces sensíveis,
e lágrimas de emoção.
Rompe abismo.
Restaura fissuras,
estrutura relações.

O beijo reconstrói amores,
curva-se diante da dor.
De olhos fechados.
Anestesiados.
Expõe o que está guardado,
nas almas inebriadas.

Cativo

Cativo do seu sorriso,
inebriado de emoção,
sonho louco, atrevido,
doce delírio de paixão.

Frustrado pelo desejo
prendo-me na tua vontade,
busco ansioso o seu beijo
perfumado de saudade.
Sua boca sensual
no formato de maçã,
instrumento musical
de Anjo, mestre ou Titã.

A Dor da Saudade

Embotado coração
sem esperança e liberdade.
Suspira, suplica perdão,
ferido pela saudade.

Busco cura, seu doutor,
para uma vida sem vontade.
Para as pétalas do amor
que murcharam, deixando saudade.

Sangue emerge do peito
reacendendo os sentimentos.
Lágrimas correm em deleito
marcando arrependimentos.

As lembranças aquecidas
mutilando minha dor,
floreando com magia
esperando novo amor.

Poção do Amor

Sou cigana do destino
aplicando o meu saber.
Poção mágica do divino
traz você pro meu viver.

O que tenho é sagrado,
dado a mim naturalmente,
que cumprindo o meu traçado
vivo aqui intensamente.

Nessa esfera tão marcante
de passagem conturbada,
cumpro os dias radiantes
ondeante e muito amada.

Reconquista

Folhas secas,
livres ao vento.
Viajando
sem destino.
Buscando em meus pensamentos
encontrar um ser divino.

Sou a magia da criança
inocente.
Doce
e pura.
Quando penso em você
livro-me de toda amargura.

Já não tenho mais sofrer,
do meu sonho acordei,
tanto fiz por merecer,
seu amor
reconquistei.

Soneto do Amor Total

Amo-te tanto, ó esposa minha...
Você é o mais doce favo de mel, meu leite quente, minha rica especiaria.
O teu canto invade o meu coração com verdades e tuas melodias embriagam-me como o vinho da melhor safra de uvas.

Amo-te com um amor calmo, mas amo-te também com loucura.
Pois o meu coração bate tranquilo ao som da tua voz. Te amo como irmã, mulher e criança, e afago os teus cabelos cheios das gotas da noite.
Amo os teus vestidos e amo-te nua. As minhas entranhas estremecem pela delicadeza de tua tez. O teu ventre é como pedras preciosas, deslizando sob o meu toque.

Os teus dedos gotejam perfume sobre o meu corpo excitado, de amor apurado, exagerado pelo desejo.
Durante toda a eternidade, e a cada instante, amá-la-ei.
Um amor cheiro de mistério, alvo e rubro e, ao mesmo tempo, o mais distinto de todos os mundos.

Amo-te, mais que ao ouro apurado pelo fogo e os teus cabelos longos são meu manto de refúgio junto às correntes das águas mais profundas.

Amo-te. Hei de morrer e jamais amarei você como merece.

A Grandeza do Amor

O amor é uma rosa
perfumada de alegria.
É a liberdade dos pássaros
voando com o vento.
É o sorriso maroto
no rosto de uma criança.
É o pensamento
de um gênio em euforia.

O amor é uma forma singela
e sem medida.
É um tesouro
recolhido de terras distantes.
São as riquezas
que o mar tem escondido.
É a palavra que define
bem os amantes.

Amantes da natureza,
da pureza,
da sutileza,
da nobreza,
da grandeza.
Amantes do amor...

Sentimento muitas vezes
insano,
que expressa
todos os bons momentos da vida.
É a luz forte do Divino
perdoando todos os pecados confessos,
elucidando o mistério da alma humana.

Ainda Te Amo

Nas asas do pensamento
flutuo em devaneio.
Refúgio para a minha tristeza,
saudade e dor.
Ninguém sabe o quanto ainda choro
lágrima angustiada
à espera desse amor.

O tempo
não é capaz de amenizar
a loucura
da minha eterna paixão.
O sonho
ainda flui flamejante.
Doce sabor
da minha emoção.
Sonhos amargos
nos recantos da alma,
mágico sentido
que guia o meu viver.
Toco os céus
numa prece silenciosa:
traz de volta à minha vida
o meu bem-querer...

Delírios de Paixão

Perdida entre as roseiras,
despida, reflete a lua.
Atingida pelos espinhos,
sangra ferida e nua.

Cada sentimento que mexe
fervilhando de emoção,
depois que a lua adormece
enlouquece de paixão.

Mexiam os olhos felinos
incendiados de desejo,
com palidez e doçura
e ávida pelos seus beijos.

A vida foge da mente
eriçada pela luxúria,
a moça entreabre os lábios
suplicando mais ternura.

Ecos da Solidão

Ao cair da noite
o sussurro abafado
paralisa a voz enfraquecida.
E vão surgindo
as primeiras palavras rabiscadas
em um papel qualquer,
que esvaziam da mente
os pensamentos conturbados
e abrandam a dor do coração ferido.

O papel e a caneta
tornam-se amigos fiéis
das longas horas
de solidão e vazio.
Onde, por companhia,
só o travesseiro macio
e salobras gotas quentes
de lágrimas da alma.

O tempo passa
e com ele se vão
o encanto e a magia
de um sonho fascinante,
eternizando a força robusta
do desejo frustrado.

As promessas
de amor eterno
são como nuvens escuras.
Durante as tempestades fortes
que vêm rapidamente,
para tão logo
partirem para sempre.

O vento forte sopra lá fora,
uivando como uma música triste
a embalar a melancolia do escritor.
Que, mesmo não a vendo,
escuta a sua voz consolando-o
no seu desafeto.
Sua tristeza
desaba nas vogais e consoantes,
como um furacão que,
na formação das palavras,
o transporta a um lugar seguro e feliz
do mundo do faz de conta.

Amortiza a dor com a alegria das suas frases
que, no momento, tornaram-se
o seu único e mais precioso tesouro.

A melancolia do rádio
aumenta o seu devaneio,
joga-o nos braços da saudade
e na solidão do seu momento.

Nasce o sol,
esconde a lua
e inicia mais um dia
na aflição desse escritor,
que para esquecer a dor
misturou música e cor.
E, na ternura da pena,
a sua alma pequena
busca cura noutro amor.

Tão Perto e Tão Longe

Vivo entre as lembranças esquecidas,
dos traços sem cor
de uma história mal resolvida.

Ainda me lembro
do teu rosto cheio de cores,
do néctar doce das flores
e do verde amarelado dos teus olhos,
que me conduziam
numa viagem mística de prazer
pelos labirintos dos teus lábios.

Ainda sinto o teu cheiro
másculo e agreste,
como quem sente
o ar puro e orvalhado
de uma linda manhã primaveril.

Ainda sinto
a mesma sensação de tremor
de quando o vi pela primeira vez.

Minha alma
confiante deslumbra
num gesto de ansiedade...

Numa opressão
cruel
e de imensa saudade...
Mas é tarde...
Tarde demais...
Ah! Que arrependimento...
Quanto amor
jogado fora!

Sofre minha alma
irrefletida
pelo prelúdio
do amor que ficou sem enredo.
Pelos destinos
conduzidos a caminhos opostos...

Nesta prece dolorosa
sigo meu lamento...
Como o bronze de um sino mutilado
que emudeceu seus sons.
E na escuridão
sente frio e medo.

Do âmago da minha alma
vem um sentimento sublime.
Que se sobrepõe no silêncio
e, assim,
ainda posso ouvir nitidamente
o tom agradável da tua voz
como se fosse uma doce melodia
cantarolada alegremente
no embalo noturno
do ninar de uma criança.
E, assim,
o meu amor
e os meus versos
o mantém eternamente por perto...

Saudade

Hoje a saudade
apertou meu coração.
Saudades?
Sim, saudades do passado.
Tempos, ah...
Que vontade
de atrasar o tempo
e reviver as emoções
que passei ao teu lado.
Olhar nos teus olhos,
dizer-te
que sou alguém do futuro,
e que voltei
para sentir tua presença
que há tempo
eu procurava ao meu redor.
Ah!
Esse passado que atormenta,
que só traz recordações.
Recordações do tempo
que juntos ficamos,
vivendo momentos
únicos e inesquecíveis.
E até descobrimos
sentimentos profundos de emoções,
que nos conduzem diretamente à eternidade.
Hoje, longe de você
sinto que algo me atormenta profundamente,
deixando-me perdida
na saudade do passado.

Vidraças quebradas
pelos oponentes do amor destemido,
pelo martírio das almas separadas,
pelas lágrimas deitadas
na garganta apertada.

Nas vidas que virão
e ainda ouvirão falar dessa dor
misturada com amor.
E assim seguirá.

Porque almas gêmeas,
mesmo separadas,
um dia ainda
vão se encontrar.
Sou o seu amanhã
vivido no passado,
com um presente em evolução
para, no futuro
ou noutra vida, sei lá,
ter a chance de meus erros acertar.

Mais Uma Vez

Estou morrendo sem o seu amor.
Sinto-me num deserto de areias finas e sol escaldante.
Os olhares fixam-se em mim e eu sem nenhuma
expressão.
Resta-me o nada.

A infelicidade invade a minh'alma,
dilacera as minhas entranhas,
entorpece o meu peito.
Sinto-me em carne viva.
O tempo passa e o meu olhar mistura-se no infinito.
Tudo em silêncio permanece
e as minhas lágrimas formam rios de saudade.
Estou a morrer sem os teus beijos...
A mágoa me domina, deixando-me exausta de dor.
Deixo brotar as palavras livremente
e declaro ao mundo os meus desejos, o meu amor.

Inspiração, motivação, vida.
Passo o tempo à sombra da tua vontade.
Sonho beber da tua boca o néctar do teu sorriso
adocicado como o mel fresco,
bonito como o dourado do sol refletido numa folha
orvalhada a cada manhã.
Quando à noite, a luz se apaga,
o silêncio acusador mostra-me o quanto o profanei no meu
egoísmo.
Dia após dia sinto a essência do teu abandono,
o passado para mim não passou.
A tua alegria é a luz da minha existência.

Não consigo mais caminhar sozinha,
preciso violentamente de ti.
Quem me dera que essas palavras pudessem apagar as ações
e conduzir-me rapidamente ao aconchego dos teus braços,
pois o fim nem sempre é o final.
A vida da gente não é totalmente real,
amar sozinha é indizível, inexpressível, prejudicial.
O presente nem sempre é o hoje.
E o que passou, passou...
Acalento a esperança de possuir-te outra vez
ou, quem sabe, apenas mais uma vez!

Força do Amor

Amor é sonho, é desejo!
Uma mistura de graça, de alegria, de música e fantasia.

De sol, lua, estrelas e loucura.

O amor é brilho que nasce na alma e reflete na face
inflamada pela emoção. Tem a força mais tenaz, a graça
mais perfeita e toda a raça necessária.

O amor é terra fértil, ar puro e água cristalina.
Mas para quem já esquecera, o amor precisa sempre de
cura.

Busca suas lembranças, perdido no tempo. Ele clama
sempre ajuda.

Auxilia, pois, o amor, que precisa de um guia. Que sem
chão, busca companhia.

Aquela doce ternura nua...
que talvez na companhia da lua,
encontre repouso e a noite seja completamente sua.

Amadurecimento e resiliência

Morte

Dela
até podemos sentir medo.
Sobre ela,
muitas dúvidas e apreensão.
Morrer, na verdade,
constata um fato.
Mas viver
é nossa eterna missão.

Desconhecemos a vida
pós-morte.
O assunto traduz
certo desconforto.
Fica martelando
em nossa mente.
Viver para sempre
é um grande reconforto.

A passagem pela Terra
é muito curta
para vivermos tempos
de angústia e dor.
O desencarnar
conduz o espírito liberto
à morada que Deus
para cada um preparou.

Penso

Que a força está em quem sabe ceder.
Quem com voz suave conduz,
pede ajuda quando precisa.
Chora quando está triste
e acredita nos sonhos,
mesmo quando as fortes trovoadas
anunciam a chegada
de chuvas torrenciais.

Apaixonei-me numa intensidade que desconheço,
admito as minhas falhas e inseguranças,
estou disposta a aprender e melhorar.

Não acho ruim mudar,
desde que se tenha
um bom motivo para tentar.
Sem regras,
sem ordens,
aproximando-se a cada momento,
correndo todos os riscos
para viver uma paixão.

Transformei-me
numa prisioneira sem saída,
torturada pela dúvida
desse insensato coração
puro e cheio de emoção,
que agora é réu confesso.
E deseja os seus abraços
que agora, indiferentes,
preferem estar distantes.

Ausência

Estou ausente,
assim como o sol
que se esconde durante a noite,
para deixar livres
os raios claros
do brilho prateado
da lua cheia.
Fico em silêncio,
aflita pelos açoites
dos maus pensamentos.
Ausente de mim
na busca daquilo
que nem eu mesma sei o que é...

Penso nos beijos que poupei
e nas noites que neguei.
Ir perto do seu aconchego.

Estou num lugar que não conheço,
viajando por terras distantes,
uma estrangeira sem destino
sofrendo pelo sonho perdido,
pelos momentos adiados.
Fugindo calada
para um lugar afastado,
aguardando sem saber,
esperando sem querer,
buscando em silêncio
ser feliz e ter sossego...

Estou ausente...
Ausente do meu eu,
sonhando com o seu toque,
sofrendo pelo carinho que não tenho,
pela intimidade que perdi,
pelo amor do qual desisti
mas que dia a dia
torna-se mais forte...

Mesmo não saindo da sua boca
as palavras que desejo,
no íntimo sabe
que a sua alma também almeja.
Abrigo no meu peito
um enigma em segredo.
Que, com doçura,
suavidade e mistério
conduz a minha alma sofrida
pelo caminho do recolhimento...
Sou uma mulher, ausente de mim,
porém certa de que
existe muito de ti
na ausência no meu eu...

Novo Começo

A ansiedade em mim fez morada
quando o médico
o câncer confirmou.
O chão ruiu sob os meus pés.
Por um momento,
o mundo parou.

Tentei libertar-me da vertigem,
tive a sensação de flutuar.
Vi de repente,
num flash
diante dos meus olhos
a minha vida passar.

O medo
fez recolher-me em silêncio.
Das pessoas que amo
afastar-me.
A minha sentença
estava selada:
a morte viria me visitar.

Nos braços da fé que me embala
refugiei minhas dúvidas e incertezas.
Com a ajuda dos médicos
e dos que me amam
optei pela cura.
Adeus, tristezas.

Da doença tirei uma lição:
o câncer não é o fim.
Reconheço,
É o caminho da renovação.
é uma escolha
para um novo começo.

Ainda não encontrei a palavra
para definir a vida,
uma existência.
Superar,
vencer uma doença
é razão
para ajudar,
repartindo as experiências.

Sofrimento

O meu corpo sofredor,
num gesto de aflição,
dos teus braços implora calor
para aquecer o coração.

E num gemido extremado
espremido desses lábios,
sem ternura, dolorido,
sem vigor e sem afago.

Cantam os sinos da igreja
para embalar a minha dor,
despertando mais paixão,
laços eternos desse amor.

O Poder do Criador

Observo o vai e vem das ondas,
o brilho das estrelas,
a diversidade de plantas e animais
e admiro nessas coisas
a expressão absoluta do poder do Criador.
Sou uma espectadora encantada
com o giro preciso
que o mundo dá ao meu redor.

Deus existe!
Quando criança
acreditava ser a dona
das minhas funções vitais,
dos meus batimentos cardíacos
e da minha respiração.
Ficava imaginando de onde vim,
por que vim, e para onde irei.
Descobri que a vida é perfeita!
Quando encontro a saída para um problema
tenho um pensamento bom
ou um desejo sincero
de fazer alguém feliz.
Aí está a força divina
agindo no meu interior.

Deus deu-me a capacidade
de pensar, de agir livremente
e de tomar decisões.

Não interfere
nas escolhas que faço.
Não me abandona em meus erros
e sempre me coloca
diante de uma nova oportunidade.
O que às vezes interpreto
como algo negativo
quase sempre dá o início
a um benefício futuro.

O amor de Deus
é incondicional
e o Seu desejo
e que não só eu,
mas que todos
sejamos felizes.
Basta apenas
acreditar sem reservas.

Réu Confesso

Partiu levando os meus sonhos
e esvaziando
a minha alma fragilizada,
deixando os meus dias cinzentos,
como o céu
antes de uma forte tempestade.
A mensagem fria
deixada na caixa postal do celular
apagou de repente o meu sol.
E, mergulhada na escuridão,
vejo ressurgir à minha mente
fantasmas guardados
no baú do esquecimento.

Estou doente.
Ontem doente do corpo,
hoje doente de amor.
Ferida por palavras de dor
que dia a dia vão apagando
a luz da minha existência.

O meu coração sangra
como um borrão de tinta escarlate.
Rolo na cama, solitária,
sussurrando palavras desconexas.
Sentindo saudade,
frio
e, em pensamento,
junto os fragmentos dos nossos momentos,
formando uma linda e aconchegante
aquarela abstrata.

Assim,
entendo que não sou um receptáculo
para tanta escuridão e frieza.
E busco, na minha tristeza,
o tom certo
para nos meus versos
apagar as cicatrizes
que dilaceram a minha alma.
Em silêncio almejo socorro,
e muita é a vontade de desistir...
O meu espírito
agoniza na incerteza,
no medo do porvir.
Abala a minha confiança
e eu,
que sempre fui criança,
não tenho o aconchego do seu colo
ou as falas da sua boca querida
para fazer ir embora a derrota
e o sentimento de perda profunda.

O Escritor Solitário

Ao cair da noite, o sussurro abafado paralisa a voz
enfraquecida,
e vão surgindo as primeiras palavras rabiscadas em um
papel qualquer, que esvaziam da mente
os pensamentos turbados e abrandam a dor do coração
ferido.
O papel e a caneta tornam-se amigos fiéis das longas horas
de solidão e vazio,
onde por companhia só se tem um travesseiro macio e
salobras gotas quentes de lágrimas inocentes.
O tempo passa e com ele se vão o encanto e a magia
de um sonho fascinante, eternizando a força robusta do
desejo frustrado.
As promessas de amor eterno são como nuvens escuras
durante as tempestades fortes,
que vêm rapidamente, para tão logo partirem para sempre.
O vento forte sopra lá fora, uivando como uma música
triste a embalar a melancolia do escritor, que mesmo não
a vendo, escuta o som de sua voz consolando-o no seu
desafeto.
Toda a sua tristeza desaba nas vogais e consoantes como
um furacão que, na formação das palavras, transporta-o a
um lugar seguro
e feliz do mundo de faz de conta.
Amortiza a dor com a alegria das suas frases, que no
momento tornaram-se o seu único e mais precioso tesouro.
E por companhia só raça e a profunda solidão, que nos
braços da saudade e na melodia de fundo reflete em seus
versos poéticos coragem e ousadia.
Nasce o sol, esconde a lua,
inicia mais um dia, na aflição desse escritor,
que para esquecer a sua dor
misturou música e cor, e na ternura de sua pena,
a sua alma pequena, curou-se com outro amor.

Solidão

Da janela do meu quarto,
na casinha da colina,
noite escura, olhar perdido
traz de volta uma antiga magia.

A velocidade do vento
faz uivar o bambuzal.
Som rouco,
soturno
e tristonho
desperta antigos temores
de um tempo transcendental.

Aves de rapinas a piar
e a coruja a gritar,
diz o ditado popular
prenuncia mau agouro.
Penso nisso
e me despeço,
e mergulho no universo
de sonhos e de ilusões,
que para esquecer
os meus horrores
só tomando
leite morno
para aquecer o coração.
Que abatido
adormece
em meio à escuridão.

A Morte

—Morreu!
Grita de dor a mãe sofrida,
com o filho inerte em seus braços.
—Deus! Por que isso foi acontecer?
—Por que deixou o meu filhinho morrer?
A mulher sofre
amargurada.
No rosto, externa
uma expressão de horror.
O coração sangra
transpassado...
— E agora?
Pergunta a mulher consternada.
— Vou seguir o meu menino!
— Filho, para onde foi você?
— Espera por esta que te gerou!
— Senhor, eu mereço tanto sofrer?
— Por quê?
Agita as mãos ao redor do corpo,
rasga as roupas e desnuda o rosto.
Desolada, abraça o corpo.
A miséria impera o seu interior,
desfalece a sua alma.
Finito...
Sonho acabado.
—Filhinho...
—A minha vida
torna-se agora um rabisco
sem traçado,
sem cor,
apenas um chuvisco.
—Eterna será a sua ausência.
—Sentirei sempre a sua presença
até o dia
que Deus me chamar
e, a ti,
eternamente for me juntar...

Quem Explica o Amor?

O verdadeiro amor
é como a vibração da luz.
Em contraste com a suavidade
de uma flor.

Acontece todos os dias
e não se acaba
na agonia da dor.
É suave
como o sentimento de mãe.
Simples
como o choro de uma criança.
Inusitado
como as profundezas dos mares.
Doce
como o olhar do Criador.

Instala-se
sem pedir licença.
Nem o sofrimento
abranda o ardor...
Sentimento
que até separa os amantes
e, separados,
continuam juntos no amor.
Não acaba mesmo já tendo acabado...
Perto, quer ficar distante.
Longe,
ficar perto é o que almejam
constantemente.

Sentimento contraditório
Que, mesmo com tantas explicações,
nunca vamos explicar o AMOR.

Ser Forte

Somente os fortes
têm coragem de sonhar.
De ousar e superar dificuldades
para viver melhores dias.

Mesmo sentindo medo
não se esquecem de que a vida
é uma estrada estreita.

Mesmo sentindo culpa
seguem firmes sem olhar para trás.
Sem medo da escuridão,
da vida
ou da solidão.
Os fortes
são capazes de reconstruir,
de recomeçar,
de viver firme em um propósito
de esquecer egos
e pensar em outrora.

Ser forte
é não se incomodar
com o que pensam de você.

É buscar em seus sentimentos
a nobreza
para aceitar os defeitos do outro.

Pessoas fortes,
de caráter firme,
não acordam pela manhã
pensando no porquê.

Pensam
que a vida por si só
já é razão suficiente
para serem felizes!

Não vivem
para esquecer seus erros,
pois acreditam que com eles
podem aprender e evoluir.

Os fortes
não buscam entendimento
para o inesperado.
Mas afirmam
que a sua sabedoria
vem incondicionalmente da parte
Daquele que os criou.
Não assumem erros que não são seus
e não constroem seus alicerces na areia.

Ser forte
é ser um bravo conquistador!

Quem Diz que Carnaval é só Flores Não Conheceu Dolores

Que magia, que alegria!
Os blocos dominam a cidade
nos mais diferentes ritmos.
Uma bordoada de gente bonita,
e, de repente,
Dolores o vê no meio da multidão.

E aí
rola um beijo...
Dois beijos,
respiração acelerada
e, enfim,
o famoso "vai ficar".
É isso mesmo!
— Encontrei o amor da minha vida!
— Meu príncipe encantado!

Hum...
Mas ele mora no Canadá.
A imaginação viaja.
— Ele vai e volta para me buscar.
Vou viver um conto de fadas,
digno de uma princesa.

E tome trocas de telefones,
e-mail, perfil nas redes sociais
e, claro, promessas,
muitas promessas:
— Assim que tiver um tempo eu vou te visitar, minha doce
Dolores.
E o tempo passa...
Março, abril, maio, junho... Junho?
Quando percebe
é o mês dos namorados!
Será que Dolores se iludiu
pensando que ele lhe mandaria um presente?

Ou, quem sabe, visitá-la?
Foi isso que ele disse
quando fizeram sexo virtual,
com direito a dança da manivela pela webcam!
Oh, Dolores não se preocupe!
Ele só pode viajar nas férias,
no final de ano.
Então chega o Natal.
E ele, que jurou que daria um jeito de aparecer,
não pôde viajar por motivos de saúde.
A sua mãe sofreu um AVC.
Coitadinha, que triste!

Mas ele garantiu que virá no Carnaval seguinte.
Bem, apesar de passar muitos dias
escolhendo um lugar perfeito para curtir,
pode esquecer seus planos
porque ele resolveu terminar o namoro...

E quais são os motivos?
Bem, ele não quer compromisso sério no momento.
Mas fica triste não, Dolores.
Que rima com flores...
Quem sabe tenha uma nova chance
de encontrar a sua alma gêmea
no próximo Carnaval?

Um Jardim de Ternura

Sinto o frescor do vento, que suavemente sussurra melodias encantadas de afeto e espalha o perfume das flores, rememorando muitos amores.

Embalada pelo silêncio, ouvindo o murmuro da água que cai suavemente na fonte, rego com ternura as flores, que água lhes dando, dou-lhes força e beleza. Com diferentes gestos, embaladas pela valsa do vento, tentam chamar a minha atenção com reverências de agradecimentos.

Cultivo com amor estas flores e memórias de outros amores, que hoje estão em mãos alheias. Com o peito arfando de dor, penso que não é magia o amor e alimento a ilusão, de que mesmo não tendo amores, pelo menos essas flores sejam minhas.

Mulher

A mulher é a plenitude do amor perfeito,
simbolizada pelo suave perfume das flores,
reconhecida pela virtude e pelo bom conceito.
É, na verdade, a junção de todos os amores.

A mulher é a mistura das raças e das cores,
é a simplicidade de um sorriso faceiro.
É o canto harmonioso dos pássaros em recital.
É a perfeição dos diversos sabores.

A mulher é singela como um rio de águas serenas,
é a sinfonia de muitos corais.
É o equilíbrio da vida, sintonia em plena evolução.
É a perfeição da criação e as suas magias.

A mulher é o que há de melhor,
é amor, garra.
É extrema alegria!
É mãe, filha, irmã, tia, esposa, amiga, amante e
companheira.
É expressão de fé, sonho e poesia.

Fim